L'AUBERGE
D'AURAY,

Drame lyrique en un Acte,

DE MM. MOREAU ET D'ÉPAGNY,

MUSIQUE

DE MM. HÉROLD ET CARAFA,

REPRÉSENTÉ, SUR LE THÉATRE ROYAL DE L'OPÉRA-COMIQUE;
POUR LA PREMIÈRE FOIS ET POUR LES DÉBUTS DE
MISS SMITHSON, LE MARDI 11 MAI 1830.

Paris,

CHEZ VENTE, LIBRAIRE,
RUE DU MARCHÉ-SAINT-HONORÉ, N° 5.

1830

PERSONNAGES.	ACTEURS.
ADOLPHE DE MONTALBAN, jeune Français.	M. LEMONNIER
CÉCILIA MONTALBAN, sa femme, jeune Anglaise.	Miss SMITHSON
WILLIAM, leur fils, enfant de 10 ans.	Melle ANAÏS.
Le capitaine KERGAR.	M. GÉNOT.
Un Lieutenant.	M. LOUVET.
KERNIFLEC, aubergiste.	M. FÉRÉOL.
Mme KERNIFLEC, sa femme.	Melle É. COLON
Officiers et Sous-Officiers.	
Paysans et Paysannes.	

La scène est dans une auberge de village, à un quart de lieue d'Auray. L'action se passe en 1794.

Le théâtre représente une salle d'auberge. Les fenêtres du fond laissent voir les sinuosités d'une montagne. Plusieurs portes des deux côtés du théâtre conduisent à d'autres appartemens; une cheminée avec du feu près de l'avant-scène, et de l'autre côté une armoire.

IMPRIMERIE DE GOETSCHY,
35, RUE LOUIS-LE-GRAND.

L'AUBERGE D'AURAY,

DRAME LYRIQUE EN UN ACTE.

SCÈNE PREMIÈRE.

INTRODUCTION.

Mme KERNIFLEC *sortant d'une des chambres.*

Quel malheur épouvantable !
Se tuer sous nos yeux ! j'en perdrai la raison;
Ah ! cet accident qui m'accable
Peut deshonorer ma maison.

CHOEUR dans la coulisse.

Enfans de la Bretagne,
Chantons l'époux heureux
Dont la jeune compagne
A comblé tous les vœux.

Mme KERNIFLEC.

Allons, voilà tout le village
Qui vient gaîment de notre mariage
Fêter l'anniversaire....

SCÈNE II.

Mme KERNIFLEC, Paysans et Paysannes.

Mme KERNIFLEC.

Amis, parlez plus bas :
On ne peut se livrer à ces joyeux ébats
Quand la guerre civile a redoublé sa rage,
Quand tous les citoyens sont devenus soldats.

Reprise du CHOEUR, mais à demi-voix.

Enfans de la Bretagne,
Chantons l'époux heureux
Dont la jeune compagne
A comblé tous les vœux,

Mme KERNIFLEC.

Enfans de la Bretagne,
Quittez, quittez ces lieux;
Trop de crainte me gagne
En ce jour malheureux.

UN PAYSAN.

Qu'est-ce qu'il y a donc encore de nouveau Madame Kerniflec ?

Mme KERNIFLEC.

Ce qu'il y a de nouveau ! Et ne savez-vous pas qu'un de ces officiers logés dans notre auberge s'est suicidé hier soir dans le jardin ?

TOUS.

Ah ! mon Dieu !

Mme KERNIFLEC.

Comme si la guerre n'en tuait pas déjà assez ! Encore si M. Kerniflec était ici ! je l'attends de minute en minute, mais vous pensez bien que ni lui ni moi n'aurons le cœur à la danse... quoiqu'il y ait un an à pareil jour !..

UN PAYSAN.

Elle a raison, mes amis, ce n'est pas le moment de rire.

CHOEUR.

Puisqu'elle nous en presse
Amis quittons ces lieux,
Respectons sa tristesse
Et plus de chants joyeux.

Mme KERNIFLEC.

L'amitié vous en presse,
Quittez, quittez ces lieux,
Respectez ma tristesse
Et plus de chants joyeux !

Les Paysans sortent.

SCÈNE III.

Mme KERNIFLEC.

Est-on plus lent, plus musard que ce M. Kerniflec ! Ça ne devrait pas m'étonner, puisque je suis sa femme... mais c'est plus fort que moi, je ne m'y ferai jamais ! Je vous demande un peu ce qu'il fait encore à la ville ; mais il est si curieux, si bavard, il faut qu'il se mêle de tout, qu'il voye tout, qu'il sache tout !

AIR.

Qu'une pauvre femme est à plaindre
Avec un mari paresseux !
Quand c'est par moi seule en ces lieux
Que tout se fait, à ne rien feindre,
C'est bien la peine d'être deux.
En ménage,
C'est l'usage,
Tout doit être partagé.
Douces chaînes,
L'poids des peines
Par l'amour est allégé.
Mais l'tems passe,
On se lasse
D'un tourment comme le mien ;
Quel martyre
De se dire
Qu'un mari n'est bon à rien !
Ma constance,
Quand j'y pense,
Doit bien l'étonner, je croi.
Me défendre
D'être tendre,
C'est trop exiger de moi.
En fait d'femme,
Sur mon âme,
Le sort l'a bien partagé.
Qu'on en trouve
Qui lui prouve
La patience que j'ai !

Je crois pourtant l'entendre... Oui, c'est la carriole, enfin le voilà, c'est bien heureux.

SCÈNE IV.

Mme KERNIFLEC, M. KERNIFLEC.

Mme KERNIFLEC.

Arrivez donc, M. Kerniflec ; en vérité, vous ne vous occupez pas plus de votre auberge que de votre femme.

KERNIFLEC.

Comment de mon auberge ! est-ce que je n'étais pas sûr de retrouver la Lycorne d'Argent à sa place ?

Mme KERNIFLEC.

Il ne s'agit pas de votre enseigne, mais de ce qui se passe chez vous.

KERNIFLEC,

Est-ce qu'ils se seraient battus avant mon retour ?

Mme KERNIFLEC.

Battus ! et de qui me parlez-vous ?

KERNIFLEC.

Parbleu, de M. Jenneval et de M. de Montalban.

Mme KERNIFLEC.

Ils devaient donc se battre ?

KERNIFLEC.

Ce matin même. J'ai entendu hier donner le rendez-vous. — Monsieur, qu'a dit comme ça d'un air sec, Monsieur de Montalban à M. le capitaine Jenneval, je suis fort reconnaissant des attentions que vous avez eues pour ma femme, dans la traversée de Guernesey ici ; mais vos assiduités auprès d'elle, commencent à me déplaire!—M. qu'a répondu sur-le-champ M. Jenneval, mesurez vos expressions, ou l'on pourrait vous apprendre à vivre!—T'entends bien que ça signifiait qu'il voulait le tuer! Là dessus ils se sont parlé tous deux à l'oreille, se sont pris la main et je n'ai plus rien entendu que ces mots : —demain dans le petit pré, à sept heures du matin!.... C'était aisé à comprendre!—Ce que c'est pourtant que la jalousie! Faut être juste, la dame anglaise est jolie! quoiqu'elle ne sache pas un seul mot de français, on peut se battre pour elle!

Mme KERNIFLEC.

Et pourtant il ne se battra pas!

KERNIFLEC.

L'affaire est arrangée?

Mme KERNIFLEC.

M. Jenneval est mort!

KERNIFLEC.

Son adversaire l'a tué?

Mme KERNIFLEC.

Il s'est tué lui-même! et dans notre verger!

KERNIFLEC.

Ah mon dieu! Et tu ne me le dis pas!

Mme KERNIFLEC.

M'as-tu donné le temps de te le dire?

KERNIFLEC.

Ah! la Lycorne, la Lycorne! la Lycorne est perdue,

Ma femme ! qu'est-ce qu'on va dire dans le canton ? Mais pourquoi donc s'est-il tué ?

Mme KERNIFLEC.

Par amour.

KERNIFLEC.

Allons donc ! est-ce que c'est possible ?

Mme KERNIFLEC.

Tu ne comprends pas ça, toi, c'est tout simple ; mais si tu avais lu la lettre qu'il a écrite à madame Montalban, ça te fendrait le cœur !

KERNIFLEC.

Tu l'as donc lue, toi ?

Mme KERNIFLEC.

Sans doute ; cette pauvre dame m'a priée de la lui expliquer.

KERNIFLEC.

Quest-ce qu'il lui disait donc ?

Mme KERNIFLEC.

Qu'il s'ôtait la vie parce qu'il désespérait de lui plaire... qu'il lui donnait une dernière preuve d'amour en épargnant son mari.... en se sacrifiant lui-même... Mais tout cela si bien dit, que je pleurais malgré moi en la lisant, et tiens, j'en pleure encore !

KERNIFLEC.

Mon Dieu, qu'on est donc bête d'aimer comme ça, et la femme d'un autre encore !

Mme KERNIFLEC.

C'est que cette femme-là, vois-tu, c'est la vertu même. Quoique je ne la connaisse que depuis huit jours, je répondrais d'elle comme de moi.

KERNIFLEC.

Ah ! je crois bien , tu ne doute de rien, toi.

Mme KERNIFLEC.

Faut voir comme elle était émue, troublée !... Elle m'a fait serrer cette malheureuse lettre dans le petit coffret (*Montrant l'armoire où il est enfermé*), qui contient ses diamans et des portraits : tu sais bien, ce petit coffret qu'elle nous a chargé de garder ?

KERNIFLEC.

Voyez-vous ça ; elle y attache une sorte d'intérêt à cette lettre , malgré sa vertu.... Oh ! les femmes !

Mme KERNIFLEC.

Quand même !... ça serait bien naturel : mais je suis sure que ce n'est pas là sa raison : tu sens bien pourtant qu'elle n'en parlera pas à son mari !

KERNIFLEC.

Je le crois bien ! ça pourait joliment la compromettre, un crime comme ça !... (*On entend dans la coulisse une marche militaire*) Mais.... voilà-t-il pas encore des tambours ! quand je le disais ! la journée ne se passera peut-être pas sans qu'il n'y ait un engagement dans ce village ! — Madame Kerniflec, vous allez me faire le plaisir de vous en retourner à la ville , comme je l'exige toujours dans ces cas-là... Dans un endroit isolé, qu'on peut prendre d'un moment à l'autre, il y a trop de danger pour une jeune femme et pour son époux !

Mme KERNIFLEC.

Y penses-tu, Kerniflec ? et cette dame anglaise qui n'a que moi pour la comprendre ?

KERNIFLEC.

Est-ce qu'elle n'a pas son mari ? et puis après tout,

madame Kerniflec, les intérêts des étrangers ne passent qu'après les nôtres.

Mme KERNIFLEC.

Dis donc plutôt que c'est ta jalousie....

KERNIFLEC, *sans l'écouter.*

Et le panier d'argenterie que tu n'oublieras pas de prendre !

Mme KERNIFLEC.

Comme si j'oubliais quelque chose !

KERNIFLEC, *la poussant dehors.*

Va t'en, va t'en, le cheval est encore à la cariole.... embrasse-moi.... adieu !

Mme KERNIFLEC, *revenant.*

Te voilà bien instruit, tu veilleras bien à tout ?

KERNIFLEC.

Sois tranquille.

Mme KERNIFLEC.

Et tu ne me demandes pas seulement les mémoires!... Tiens, voilà celui de M et madame Montalban pour la dernière semaine.

KERNIFLEC.

C'est bon. J'y ajouterai la dépense du jour. Trouve un breton qui ait plus de tête ! (*Il met le mémoire dans son gilet*) !

Mme KERNIFLEC.

Tu veux dire qui soit plus têtu ! (*Elle sort*) !

SCÈNE V.

KERNIFLEC.

Me voilà plus tranquille du côté de ma femme. Voyons maintenant à mettre le reste en sûreté. C'est toujours fort désagréable, un suicide!.... Ça porte malheur à une auberge.... Avec ça qu'ils sont superstitieux dans ce pays ci!.... et cancaniers! Ah, le sont-ils cancaniers, le sont-ils!... Il me semble que je les entends. — Savez-vous le malheur qui est arrivé à la licorne? C'est bien triste pour les Kerniflec; et puis c'est que ça inquiète toujours les voyageurs! (*Musique*) Ah! la musique s'éloigne, — Les troupes doivent arriver maintenant sur la grande place... — Il me vient une idée... Pendant que je suis seul, lisons donc un peu la lettre du défunt; ça doit être intéressant, ce qu'on dit quand on est assez bête pour.... (*Cherchant dans l'armoire*) Certainement, j'aime beaucoup madame Kerniflec, mais pas si sot de me faire une égratignure pour elle! (*Cherchant toujours*) Si elle était ici, elle ne manquerait pas de dire qu'on ne doit pas regarder les choses qu'on nous confie! Comme s'il n'était pas naturel de savoir ce qu'on a sous sa garde! (*Il ouvre le coffret.*) Un portrait; ah! c'est celui de son mari... un autre encore... Ah! celui de l'enfant. — Une lettre!... Voilà ce que je cherche (*Lisant*). « A madame Cécilia de Montalban.... Il avait tout de même une belle écriture, le défunt (*Il ouvre la lettre*)! Ça n'est pas long : « Madame, je ne puis tou- » cher votre âme et je connais votre vertu (*S'interrompant*). Ils croient comme ça, ces messieurs, qu'il n'y a pas une seule femme en France.... voilà pourtant une anglaise... (*Continuant de lire*). « Votre vertu. Je me » sacrifie à votre repos... J'aime mieux mourir que de » le troubler... J'aurais peut-être eu ce malheur. Une » autre cause encore me rend l'existence odieuse... Le « remords d'avoir trahi le parti que je semblais ser-

» vir, je suis... (*On frappe deux coups à la porte*) ».
Ouf! on y va.

UNE VOIX, *en dehors.*

Ouvrez sur le champ.

KERNIFLEC.

On y va! ah! mon Dieu, si on s'aperçoit...

LA MÊME VOIX.

Au nom du commandant militaire de la place.

KERNIFLEC, *serrant avec précipitation ce qu'il a tiré du coffret.*

Remettons vîte les portraits, l'argent.

LA MÊME VOIX.

Si tu n'ouvres à l'instant, je fais enfoncer la porte?

KERNIFLEC, *après avoir mis le coffret dans l'armoire.*

Ah! mon Dieu, et la lettre... Mais je n'ai pas le temps... Tout à l'heure je la remettrai (*Il la met dans la poche où il a déjà mis le mémoire et court ouvrir la porte*).

SCÈNE VI.

KERNIFLEC, le capitaine KERGAR, un Lieutenant, Officiers, Soldats.

KERNIFLEC.

Excusez..., monsieur le commandant..., si j'avais su..., je me serais bien plus pressé...; mais c'est que...

KERGAR.

Silence!

KERNIFLEC.

Oui, monsieur le commandant.

KERGAR.

Vous êtes le maître de cette auberge?

KERNIFLEC.

Oui, monsieur le commandant.

KERGAR.

Vous logez ici un nommé Adolphe de Montalban ?

KERNIFLEC.

Oui, monsieur le commandant...; un très-aimable jeune homme.

KERGAR.

Taisez-vous... on ne vous demande pas de réflexions.

KERNIFLEC.

Oui, mon commandant.

KERGAR.

Il est marié à une anglaise arrivée il y quelques jours de son pays, et il voudrait faire croire qu'il a quitté l'Amérique pour la rejoindre ici.

KERNIFLEC.

Oui, mon commandant..., c'est-à-dire, non, il ne veut pas faire croire... Il vient réellement des États-Unis..., sa femme vient d'Angleterre....; il a des parents à Auray.

LE LIEUTENANT, *à Kergar.*

Remarquez-vous avec quel zèle il défend l'accusé ?

KERNIFLEC, *à part.*

L'accusé.... ah! mon Dieu, je me serai compromis (*Haut*)! Monsieur le commandant, je ne connais pas monsieur de Montalban ?.. Ce n'est pas à moi à vous démentir. Vous dites qu'il est accusé ? C'est possible, je ne sais pas ce qu'il a fait, je me suis peut-être trompé en disant que c'est un honnête homme!... Je ne le défends pas... mais, monsieur le commandant est assez juste pour savoir que dans mon état...

KERGAR.

Taisez-vous.

KERNIFLEC.

Je me tais, mon commandant.

KERGAR, *au lieutenant.*

Les renseignemens sont parfaitement conformes à ceux que nous recevons du quartier-général (*à Kerniflec*). Vous aviez un traître chez vous.

KERNIFLEC, *tremblant.*

Un traître... oui, mon commandant (*Sa voix expire*).

KERGAR.

Il vient du centre de la France, de Paris même, et non de l'Amérique. Sa mission est d'observer nos mouvements, d'en instruire nos ennemis.... Nos ordres sont précis....Dans une heure il passera devant un conseil de guerre.

KERNIFLEC.

Permettez-moi de vous dire, mon commandant, qu'il n'est pas.....

KERGAR.

Dans cette maison, je le sais; mais il y va rentrer, et s'il ne revenait pas, c'est vous que nous accuserions de l'avoir soustrait aux juges qui doivent prononcer sur son sort.

KERNIFLEC, *effrayé.*

Dieu du ciel! je n'ai rien de commun avec lui!.....

Il ne m'a jamais rien confié.... je vous le jure, mon commandant, (*à part*) ah! la malheureuse lettre! si on la trouve sur moi, je suis un homme perdu! (*il l'enfonce dans sa poche d'une manière comique*) J'espère bien, mon commandant, que vous ne me croyez pas d'intelligence?.....

KERGAR.

Non, vous n'êtes qu'un sot.

KERNIFLEC.

Mon commandant est bien honnête.

KERGAR.

Si vous trahissiez aussi!....

KERNIFLEC, *à part.*

Ah! maudite curiosité, que tu peux me coûter cher!

KERGAR.

Nous avons ordre de saisir ses papiers.

KERNIFLEC.

C'est trop juste, mon commandant. Voilà son cabinet (*Montrant une des chambres voisines*), et voilà encore la clef de cette armoire, où nous avons serré le coffret qu'il nous a prié de lui garder... Je ne sais pas ce qu'il y a dedans, car je ne touche jamais aux choses qu'on me confie, d'abord, je suis la discrétion même.

KERGAR.

Moins de discours, et plus d'activité. — Procurez-nous ce qu'il faut pour écrire... Le conseil de guerre va s'assembler ici.

KERNIFLEC, *à part.*

Ah! que j'ai donc bien fait de renvoyer ma femme.

(La scène continue entre Kergar et le lieutenant, pendant que Kerniflec apporte de l'encre, des plumes, etc.)

LE LIEUTENANT.

Nous tenons le coupable, et c'est de cette auberge, nous n'en saurions douter, que partent tous les rapports qu'on fait passer à l'ennemi. Le dernier courrier que nous avons arrêté, confirme nos soupçons.

KERGAR.

Des soupçons! la mort de notre camarade Jenneval les a changés en certitude! C'est lui que nous avions chargé de surveiller Montalban, et Montalban l'aura lâchement assassiné.

KERNIFLEC, *après avoir regardé par la fenêtre.*

Messieurs, messieurs, voici M. de Montalban avec son fils (*à part*). Ah! Dieu merci, voilà ma responsabilité à couvert... — Pauvre jeune homme!

KERGAR, *se tournant vers les officiers, qui sortent du cabinet de Montalban et qui indiquent, par geste, qu'ils n'ont rien découvert.*

Eh bien! vous n'avez rien trouvé, messieurs? — Il aura fait disparaître les papiers qui pouvaient le compromettre.

KERNIFLEC, *à part.*

Et moi ceux qui pouvaient compromettre sa femme! Ça n'est pas maladroit!

KERGAR.

Cette précaution même l'accuse.

KERNIFLEC.

Vous voyez bien, messieurs, que je ne l'avais pas prévenu.

KERGAR.

Il suffit : laissez-nous, mais ne sortez pas de cette chambre, où vous êtes en surveillance.

KERNIFLEC.

En surveillance !... Oh ! si je peux seulement jeter la lettre au feu (*Il tourne autour de la cheminée*).

SCÈNE VII.

LES MÊMES, MONTALBAN, WILLIAM.

WILLIAM, *tirant son père par la main.*

Maman nous attend, viens vîte papa ! viens vîte ! (*Montalban salue les officiers et se laisse entraîner par William du coté de la chambre de Cécilia.*)

LE LIEUTENANT, *se mettant devant lui.*

Un instant, Monsieur, s'il vous plaît !

MONTALBAN, *paraît surpris.*

Que voulez vous Monsieur?

WILLIAM, *tirant toujours son père par le bras.*

Allons, viens donc, papa ! je suis sûr que maman s'inquiète.

KERGAR, *à Montalban.*

Une accusation grave pèse sur vous ?

MONTALBAN.

Une accusation !... je ne puis comprendre... (*à l'enfant*) va le premier, mon ami, dis à ta mère que je vais te suivre.

WILLIAM.

Oui, mais ne sois pas long-tems, ou bien je reviendrai

te chercher avec elle ! *il entre en courrant dans la chambre de sa mère.*

SCÈNE VIII.

KERGAR, LE LIEUTENANT, MONTALBAN, KERNIFLEC.

KERGAR.

Un ordre supérieur m'enjoint de m'assurer de votre personne.

MONTALBAN.

M'arrêter !

QUATUOR.

De quoi, messieurs, suis-je coupable?

KERGAR.

Lisez, vous allez le savoir.

KERNIFLEC, *à part.*

Bon, le moment est favorable,
Personne ici ne peut me voir.

KERGAR.

A cet ordre il faut vous soumettre.

KERNIFLEC, *avec une joie bête, après avoir jetté la lettre au feu.*

Brûle, brûle, maudite lettre?

MONTALBAN, *lisant.*

Ciel! « Montalban, l'ordre est précis,
« Aujourd'hui devra comparaître
« Devant un conseil comme traître,
« Tous ses papiers seront saisis. »

KERNIFLEC, *à part.*

Ai-je bien fait d'brûler la lettre !
Comm'ça pouvait le compromettre !

MONTALBAN.

L'indignation me saisit !

LE LIEUTENANT, *à Kergar.*

Remarquez-vous comme il pâlit?

KERGAR.

Son trouble même le trahit.

KERNIFLEC, *à part.*

C'que c'est qu'la présence d'esprit!

MONTALBAN.

Messieurs, interrogez ma vie,
Elle repousse un tel soupçon.
Faut-il que je me justifie
D'une si lâche trahison?

KERGAR, le LIEUTENANT.

Songez qu'il y va de la vie,
Détruisez un affreux soupçon.
à part.
Je doute qu'il se justifie
De cette lâche trahison.

KERNIFLEC, *à part.*

Dans tous les momens de la vie
Gardant du calme et de l'aplomb:
Aux Kerniflec, je le parie,
Jamais l'esprit n'a fait faux bond.

MONTALBAN *à part.*

Que ma famille ignore encor
Cette odieuse calomnie,
Au cœur d'une épouse chérie
Elle pourrait porter la mort.

ENSEMBLE.

KERGAR, le LIEUTENANT.

Songez qu'il y va de la vie;
Détruisez un affreux soupçon.
à part.
Je doute qu'il se justifie
De cette lâche trahison.

KERNIFLEC, *à part.*

Dans tous les momens de la vie
Gardant du calme et de l'aplomb, etc.

MONTALBAN.

Messieurs, interrogez ma vie,
Elle repousse un tel soupçon.
Faut-il que je me justifie
D'une si lâche trahison.

MONTALBAN, *avec chaleur.*

Accusé d'espionnage..... moi..... (*avec un peu plus d'émotion*). Quant à M. Jenneval j'avoue .. (*mouvement d'étonnement parmi les officiers.*) que je l'avais provoqué, que nous devions nous battre ce matin même... Mais un seul mot doit suffire : le duel n'a pas eu lieu.

KERGAR.

Il n'a pas eu lieu, et Jenneval est mort! Jugez vous même? Vous aviez choisi vos témoins, ils n'ont pas été appelés et votre adversaire est tué sans combat.

MONTALBAN.

Quelle horreur! on pourrait imaginer!...

KERGAR.

Que voulez-vous qu'on imagine? Prétendriez-vous que Jenneval se fût lui-même donné la mort? se livre-t-on jamais à un tel acte de désespoir sans avoir exprimé par écrit sa funeste résolution? expose-t-on par son silence ceux qui nous entourent aux plus odieux soupçons? Jenneval n'a rien écrit.

KERNIFLEC, *à part et avec effroi.*

Ah! mon dieu! c'est donc pour ça qu'elle l'avait gardée!.... ah! la malheureuse lettre, elle me fera perdre l'esprit! mais madame Kerniflec aussi qui ne me dit pas.... que je suis bête!

MONTALBAN.

Je le répète, Monsieur, c'est une affreuse calomnie!

KERNIFLEC, *à Kergar.*

Comment! s'il avait écrit... mais M. le Commandant, il a peut-être écrit.... il a dû écrire.

KERGAR.

On n'a rien trouvé ni dans sa chambre ni sur lui.

KERNIFLEC.

Dame! quelque fois dans une auberge, par mégarde, par bêtise.... on aurait pu....

KERGAR, *d'un ton très-sévère.*

Soustraire la déclaration qu'il aurait faite? accusez-vous quelqu'un d'un pareil crime?

KERNIFLEC, *tremblant*

Moi, M. le Commandant, je n'accuse jamais personne; (*à part*) ah! je ne me le pardonnerai jamais!

KERGAR.

Accusé Montalban, vous n'êtes plus libre! Prenons place, Messieurs.

WILLIAM, *dans la coulisse.*

Come, mamma, come (1)!

MONTALBAN.

O ciel! Cécilia! son fils l'amène ici! comment lui cacher..... (*aux officiers*) Messieurs, je me justifierai, je l'espère... Mais quelque soit mon sort, ma femme doit-elle être punie du crime que l'on m'impute? Permettez-moi seulement de lui parler; que je puisse, en la trompant sur ma position, l'éloigner d'ici! je ne vous demande rien contre votre devoir; mais il est parmi vous des pères, des époux... bientôt vous me rendrez justice; Messieurs, j'implore votre humanité.

---

(1) Viens, maman, viens!

KERGAR, *à demi-voix à ses officiers.*

Messieurs, nous pourrions passer dans la chambre voisine? (*à Kerniflec.*) Ouvrez-nous cette salle. (*Kerniflec s'empresse d'ouvrir la porte en face de celle de l'appartement de Montalban.*)

SCÈNE IX.

LES MÊMES.

WILLIAM, *accourant.*

Elle descend. (*à son père.*) Tu ne viens pas, j'amène maman. (*Il se retourne du côté de la porte par laquelle il est entré et il a l'air d'appeler sa mère par signes.*)

MONTALBAN, *troublé et feignant de sourire à son fils.*

Oui, oui... mon ami. (*Se retournant du côté de Kergar, et du ton d'un homme qui insiste avec émotion sur la réponse qu'il attend.*) Eh bien! Messieurs?...

KERGAR.

Votre demande est raisonnable. Prenez un prétexte pour tranquilliser votre famille, et rejoignez-nous. (*Ici paraît Cécilia sur le seuil de la porte. Kergar fait un pas pour sortir, puis revient auprès de Montalban.*) Je vous préviens que les portes sont gardées; ne vous exposez pas inutilement. (*Pendant que Kergar prononce ces derniers mots, Cécilia exprime d'abord sa surprise de voir des militaires dans l'appartement. Elle reprend son fils par la main, et sa pantomime indique son embarras vis-à-vis d'étrangers. L'enfant semble la caresser. Les officiers ont réprimé un mouvement d'émotion à l'aspect de la femme dont ils vont juger le mari et se découvrent, mais sans la saluer. Cécilia les salue, et les officiers, excepté Kergar et le lieutenant, traversent le théâtre et passent sur le champ dans la chambre du conseil.)*

KERGAR, *à Montalban, haut avec un air de tranquillité.*

Monsieur, nous vous attendons. (*Il salue Cécilia et entre avec son lieutenant dans la chambre où sont entrés les officiers.*)

SCÈNE X.

MONTALBAN, CÉCILIA, WILLIAM, KERNIFLEC.

MONTALBAN.

Du calme! qu'elle ne puisse rien soupçonner! (*Il compose sa figure.*) Eh bien! ma Cécilia?..

CÉCILIA, *tenant son fils par la main.*

My friend! (*Elle lui tend la main.*) Who are these officers? speak I pray, (1) (*Geste d'embarras de Montalban.*)

WILLIAM, *qui tient la main de son père.*

Oui, mon papa, que veulent ces officiers? (*Geste de Montalban embarrassé de répondre.*) Il y en a un qui a une figure bien méchante.

MONTALBAN, *cherchant à détourner la conversation.*

Tu te trompes, mon ami... Allons, viens m'embrasser.

WILLIAM.

Oh! oui, avec maman. (*Il passe entre son père et sa mère.*) Dear mamma, kiss me and my papa (2).

---

(1) Mon ami, quels sont ces officiers, je vous prie?

(2) Chère maman embrasse-moi et mon papa aussi.

MONTALBAN.

Oui, tous deux, embrassez-moi! (*à part.*) Car Dieu sait si demain... (*Il presse dans ses bras Cécilia et William.*)

KERNIFLEC, *à part.*

Ça fend le cœur quand on pense qu'on est cause!...

CÉCILIA.

I have never seen these gentlemen. They are your friend I suppose (1).

MONTALBAN, *à part, avec un mouvement involontaire.*

Mes amis! (*haut.*) Oui, ces officiers sont mes amis. Yes, Cécilia, yes... my friends, my good friends. (*à part.*) Ah! laissons-le lui croire.

CÉCILIA.

You will come back shortly (2)?

WILLIAM.

Oui, mon papa, ne sois pas longtemps.

MONTALBAN.

(*A son fils.*) Un seul moment. (*A sa femme.*) A few minutes, Cécilia (3).

WILLIAM.

Je serai si content de te faire voir les progrès de maman, car je suis son maître de français. (*à sa mère.*) Is it not true, mamma, I am your teacher (4)?

CÉCILIA.

Yes, yes, my boy (5).

---

(1) Je n'ai jamais vu ces messieurs, je pense que ce sont vos amis.

(2) Vous reviendrez bientôt.

(3) Dans un moment, Cécilia.

(4) N'est-il pas vrai, maman, que je suis ton maître?

(5) Oui, mon enfant.

MONTALBAN, (*à part.*)

Que je souffre ! (*Il s'efforce de sourire..*)

WILLIAM, *le retenant.*

Elle sait déjà quelques mots, tous ceux qu'elle m'a demandés d'abord : comme mon petit William, mon cher enfant, et puis d'autres encore. (*à sa mère.*) Speak french, dear mamma, parle français maman?

CÉCILIA, *caressant son fils.*

Yes, William, cher enfant, mon fils chéri !..

WILLIAM, *avec joie à son père.*

Vois-tu? Vois-tu?

CÉCILIA.

I know also (1) amour, tendresse pour Adolphe, mon ami, mon époux. Is it well. (2)

WILLIAM, *sautant de joie.*

Very well ! (3)

MONTALBAN, *à part.*

Elle me déchire l'âme.

WILLIAM, *à son père.*

Tu es content j'espère?

MONTALBAN, *troublé.*

Oui, oui, très-content... que tu puisses me remplacer auprès de ta mère. ne la quitte pas, conduis-la dans sa chambre, mon ami, et ce soir...

WILLIAM.

Ah ! ce soir nous nous amuserons bien.

---

(1) Je sais aussi.
(2) Est-ce bien ?
(3) Très-bien

MONTALBAN, *souriant avec amertume.*

Ce soir !... oui, peut-être...

KERNIFLEC, *s'approchant de Montalban d'un air piteux.*

Monsieur, ils disent comme ça qu'on vous attend.

MONTALBAN, *affectant beaucoup de gaîté.*

J'y vais.

WILLIAM, *le retenant.*

Tu me chanteras cette chanson bretonne si gaie... tu sais bien, celle que tu voulais m'apprendre ?

MONTALBAN, *s'efforçant de sourire.*

Oui, certainement.

WILLIAM.

Mais bientôt, n'est-ce pas ?

MONTALBAN.

Oui, bientôt, mais remontez tous deux, je vous rejoins.

CÉCILIA, *retenant l'enfant qui suit son père.*

Come, William ! (*à Montalban.*) Promptly (1).

(*Elle sourit à son mari qui lui répond affirmativement par un signe de la main.*)

WILLIAM, *qui suit toujours son père.*

Je m'amuse tant quand nous sommes tous les trois.

MONTALBAN, (*à part avec une douleur profonde*).

Tous les trois ! Tous les trois ! Je n'y tiens plus ! (*à sa femme.*) Adieu, Cécilia.

CECILIA.

Farewel. (2) (*Montalban sourit encore à sa femme, tour-*

---

(1) Viens William. (*à Montalban.*) Bientôt.

(2) Adieu.

dis que de sa main gauche il semble déchirer sa poitrine et se précipite dans la chambre à droite du spectateur.)

SCÈNE XI.

CÉCILIA, WILLIAM, KERNIFLEC.

WILLIAM.

Remontons, papa l'a dit (*à sa mère*). Come, mamma.

KEKNIFLEC *s'empresse d'ouvrir la porte qui conduit à la chambre de Cécilia.*

C'est encore heureux que l'enfant l'emmène. (*A Cécilia*) Passez, madame.

CECILIA *à Kerniflec.*

No, no. (*à son fils*) Adolphe will come back immediately (1).

WILLIAM *à Kerniflec.*

Maman a raison, puisque mon papa ne sera qu'un moment, nous allons l'attendre ici.

KERNIFLEC, *à part.*

La! Elle ne s'en ira pas (*à William.*) Vous vous amuseriez bien mieux la haut, mon petit ami.

WILLIAM.

Eh! non, je m'amuserai dès que maman voudra me répondre. (*à sa mère qui paraît livrée à de tristes réflexions*).

---

(1) Non, non, Adolphe va revenir.

Maman, maman ! Comme elle est triste, elle ne m'écoute seulement pas.

CECILIA, *sans l'écouter.*

Why does my heart shrink ? though there is no reason why I should fear, sad thoughts come through my mind. Sir, these officers are honest people? are they not ? you know them ? what concern can they have with my husband ? (1)

KERNIFLEC, *tout ébahi.*

Qu'est-ce qu'elle dit donc ? Est-ce qu'elle me parle ? Est-ce que j'entends l'anglais, moi ?

WILLIAM, *à Kerniflec.*

Maman, vous demande si vous connaissez ces officiers ?

KERNIFLEC, *effrayé.*

Moi, Je ne les connais pas.

WILLIAM.

Elle dit qu'elle est inquiète de papa. Maman est comme cela... elle craint toujours quelque malheur.

CÉCILIA *qui a écouté ce que dit William et qui n'a compris que le dernier mot.*

Yes, malheur !

KERNIFLEC, *à part.*

Comment a-t-elle deviné ce mot là? Ce que c'est

---

(1) Je ne sais pourquoi mon cœur se serre. Je n'ai aucun sujet de crainte, et pourtant de tristes pensées assiègent mon esprit. (*à Kerniflec*) Monsieur, ces officiers sont d'honnêtes gens, n'est-ce pas? Vous les connaissez. Que peuvent-ils vouloir à mon mari ?

que la nature ! (*à Cécilia en haussant beaucoup la voix comme on fait quand on parle à un sourd*). Madame, il ne faut pas vous tourmenter comme ça, croyez moi, c'est une affaire de rien du tout. (*à William*) dites donc ça bien vite à votre mère... avec sa langue.

WILLIAM, *à sa mère.*

This man says you are wrong to be sad. (1)

KERNIFLEC, *à part.*

Je lui dis de rire, quand je me retiens pour ne pas pleurer.

WILLIAM, *à Kerniflec.*

La voila tranquille maintenant. Ah ! si je savais tout à fait l'air breton d'hier au soir... je la ferais bien rire moi.

KERNIFLEC, *avec une tristesse comique*

Pardine, je le sais mieux que votre papa cet air là... c'est un air du pays !

WILLIAM.

Ah ! bien alors vous allez le chanter.

KERNIFLEC.

Chanter ! Il perd donc la tête ! (*à William*) Est-ce qu'on chante dans un moment.. dans une chambre où... (*s'arrêtant et à part.*) Ah ! mon Dieu, qu'est-ce que je dis donc ?

WILLIAM, *avec une humeur enfantine.*

Alors vous êtes un méchant. Vous ne voulez pas distraire un peu maman quand elle est triste.

---

(1) Cet homme dit que vous avez tort d'être triste.

KERNIFLEC, *avec abandon.*

Moi ! Pauvre chère femme ! bon Dieu, si ça se pouvait... mais c'est que je ne peux pas... (*à William*) Je vous dis que je ne peux pas.

WILLIAM, *insistant.*

Si, vous pouvez, vous pouvez !

KERNIFLEC, *à part.*

Il est plus entêté qu'une grande personne cet enfant là ! vous verrez qu'il faudra que je chante pour qu'elle ne voye pas que j'ai la mort dans l'âme ! (*à William*). Eh ! bien, je me sacrifie, là, j'vas chanter. (*à part*) C'est bien le moins que je puisse faire pour eux.

COUPLETS.

Tra, la, la,
Basse brette,
Ma brunette,
Ret'nez bien c'te chanson là.
Le mat'lot Jean, pendant l'orage,
Disait, tout tremblant pour ses jours :
Notre-Dame d'Auray, venez à mon secours.
Si j'échappe au naufrage
J'fais vœu d'prendre en ménage
La belle qui m'attend toujours.
Notre-Dame d'Auray, venez à mon secours.

Tra, la, la,
Basse brette,
Ma brunette,
Ret'nez bien c'te chanson là.
Le v'la sauvé, mais son amie
L'voit infidèle à ses amours.
Notre-Dame d'Auray, venez à son secours.
Puisque l'ingrat m'oublie
Dit-ell' j'ai bien envie
D'voir si Raymond m'aime toujours.
Notre-Dame d'Auray, venez à son secours.

Tra, la, la,
Basse brette,
Ma brunette,
R'tenez bien c'te chanson là.

CHOEUR du peuple dans les coulisses.

Point de pitié! que Montalban périsse.
De l'assassin il faut faire justice.
C'est de sa main que Jenneval est mort.
Qu'il meure aussi! qu'il ait le même sort!
La mort! la mort! pour Montalban la mort!

KERNIFLEC, *épouvanté.*

Ah! mon Dieu! elle va tout deviner! Qu'est-ce que je vais lui dire? Courons les faire taire si c'est possible!

Il sort en courantpar la porte du fond à droite.

SCÈNE XII.

CECILIA, WILLIAM.

CECILIA, *qui a entendu le nom de son époux.*

Montalban! (*à son fils*) Do you hear, Montalban? (1)

WILLIAM, *pleurant.*

Ah! mon Dieu, mon papa!

CECILIA, *à William.*

You, cry! they name Montalban? (2)

WILLIAM.

Ils vont tuer mon papa! (*Il répète la phrase en anglais à sa mère.*) They are going to Kill my papa.

---

(1) Entends-tu? Montalban,
(2) Tu pleures! Ils nomment Montalban!

LE CHOEUR, *réprend.*

Point de pitié ! Que Montalban périsse ! etc.

CÉCILIA.

Do you hear? Do you ? Tell me what they say ? (1)

WILLIAM.

Yes, maman !

CECILIA, *écoutant.*

Mort !

WILLIAM, *expliquant à sa mère ce qu'ils disaient.*

Dear mamma they say that papa has killed M. Jenneval and that he must be killed himself. (2)

CECILIA.

Jenneval ! ah ! they were deceiving me ! I understand the whole. It is an horrid mistake ; but I shall save my dear Adolphe. O heaven, I thank you. (3)

WILLIAM.

Oh ! oui, mon dieu, fais qu'elle sauve mon papa.

CÉCILIA.

The letter ! the letter ! in the trunk !..... landlord where is he? (*to her son*) call him ! call him !.. (4)

---

(1) Entends-tu ? Entends-tu ? apprends-moi ce qu'ils disent.

(2) Ma chère maman, ils disent que papa a tué M. Jenneval et qu'il doit être tué lui-même.

(3) Jenneval ! ah ! l'on me trompait ! je comprends tout. C'est une horrible méprise... mais je sauverai mon cher Adolphe. O ciel ! je te remercie.

(4) La lettre ! la lettre ! dans la cassette, M. l'hôte ! où est-il ? (*à son fils*) appelle-le, appelle-le.

WILLIAM, *criant.*

M. l'hôte, M. l'hôte... une lettre de M. Jenneval dans la cassette de maman.... M. l'hôte!.. il ne m'entend pas!

CÉCILIA.

And there perhaps they are pronouncing the sentence against him! (*to her son*) you will repeat to the judges what I shall say (1).

WILLIAM.

Oui, maman, je répeterai tes paroles aux juges.

CÉCILIA.

Gentlemen, you will find in this trunk...

WILLIAM, *traduisant ce que dit sa mère.*

Messieurs, vous trouverez dans cette cassette...

CÉCILIA.

A letter from Mr. Jenneval showing the innocence of my husband, and that Mr. Jenneval has killed himself (2).

WILLIAM, *répétant.*

Une lettre qui prouve que M. Jenneval s'est tué lui-même,

CÉCILIA.

Landlord! landlord! the trunk!... he does not come! (*to her son*) let us get in. (*Knocking at the doar which they*

(1) Et là (*montrant la porte du conseil*) peut-être lecondamne-t-on en cemoment? (*à son fils*) Tu répéteras aux juges ce que je dirai.

(2) Une lettre de M. Jenneval qui prouve l'innocence de mon mari et que M. Jenneval s'est tué lui-même.

do not open). I have got proofs of my husband's innocence! hear me! you must hear me! if not, you murder him (1).

WILLIAM, *de même.*

Ecoutez-nous, ou vous assassinez mon papa!

SCÈNE XIII.

LES MÊMES, KERGAR, le LIEUTENANT.

KERGAR, *sortant de la chambre, dit à part au lieutenant.*

Voilà ce qu'il fallait éviter! éloignez cette malheureuse femme, qu'elle ne soit pas témoin....

CÉCILIA.

My husband! my husband (2)!

LE LIEUTENANT, *la retenant.*

Un instant, Madame, il est impossible...

CÉCILIA.

Pray! pray! (3)

WILLIAM.

Par grâce, monsieur.

---

(1) M. l'hôte, M. l'hôte! la cassette! il ne vient pas. Entrons! (*elle frappe à la porte du conseil, qu'on n'ouvre pas.*) J'ai les preuves de l'innocence de mon mari!.... écoutez-moi, écoutez-moi, ou vous l'assassinez!

(2) Mon mari! mon mari!

(3) Je vous en prie!

SCÈNE XIV.

LES MÊMES, KERNIFLEC.

KERGAR, *s'approchant rapidement de Kerniflec, qui est entré par la porte du fond.*

Allez ouvrir l'autre porte de cette chambre, que le condamné ne passe point ici.

KERNIFLEC, *pleurant.*

Le condamné! ah! la force me manque. (*il exécute les ordres de Kergar*).

LE LIEUTENANT, *à Cécilia.*

Dans un instant, Madame, vous entrerez.

(*L'orchestre fait entendre les premières mesures d'une marche funèbre*).

WILLIAM, *à sa mère.*

We shall soon get in mamma (1)!

KERGAR, *faisant un signe au lieutenant.*

Elle peut entrer maintenant.

(*Les officiers sortent de la chambre, Cécilia s'y précipite; à peine est-elle entrée, que Montalban passe au fond du théâtre, escorté des soldats qui le mènent à la mort*).

WILLIAM, *qui allait suivre sa mère, aperçoit son père au fond du théâtre et s'écrie :*

Mais le voilà papa.... ah! mon dieu, est-ce qu'on le mène en prison! (*il court se jetter dans les bras de Montalban.*)

---

(1) Nous allons entrer.

CÉCILIA, *toujours dans la chambre.*

Adolphe! Adolphe!

KEKGAR, *aux soldats qui escortent Montalban.*

Qu'on ne s'arrête point! retenez cet enfant! (*On le sépare de son père et on l'emporte*).

SCÈNE XV.

KERGAR, LE LIEUTENANT, CECILIA.

CÉCILIA, *sortant échevelée de sa chambre et portant la cassette qu'elle y a trouvée.*

My husband! my busband! What have you done with my husband? Give me-back my love! you are his murderers (1)!

LE LIEUTENANT.

Que dit-elle? que dit-elle?

KERGAR.

L'infortunée! nous ne pouvons pas même la comprendre.

CÉCILIA.

How shal I get myself understood (*she calls*)? William! William (*To the officers*)! Je suis une étrangère! There, in this trunck... (*Trying to open it*) the proof of his innocence! a letter from Jenneval (*Having forced opened the trunk, throwing away all that it contuins with a sort of fury, and looking always for the letter* (1).

(1) Mon mari! mon mari! qu'avez-vous fait de mon mari? Rendez-moi mon époux! Vous êtes ses assassins!

KERGAR, *troublé.*

Jenneval, a-t-elle dit!... Peut-être un double fond.. (*Aux soldats*). Arrêtez. (*à part.*) S'il n'était point coupable.... (*Il fait un signe aux soldats qui conduisent Montalban, et qui sont arrivés presque au haut de la montagne. Ils s'arrêtent*).

CÉCILIA, *qui n'a pas pu trouver la lettre, dit avec désespoir.*

Nothing! Nothing! (*Kergar au moment où il voit que Cécilia n'a rien trouvé dans la cassette, exprime un sentiment de pitié et de la main fait signe au détachement de continuer à marcher. Aussitôt il sort rapidement en mettant la main sur ses yeux comme pour n'être pas témoin du désespoir de Cécilia. Elle aperçoit alors son mari sur le haut de la montagne, pousse un cri et tombe en disant :*) I am dying(1). (*Les soldats et Montalban, sur un nouveau signe de Kergar, disparaissent.*)

SCÈNE XVI.

CÉCILIA, KERNIFLEC, Mme KERNIFLEC.

Mme KERNIFLEC, *à son mari.*

Comment, malheureux, c'est toi...

KERNIFLEC, *pleurant.*

Ne m'en parle pas. Je suis un misérable.

Mme KERNIFLEC, *courant auprès de Cécilia.*

Elle a perdu connaissance! (*Elle lui fait respirer des*

---

(1) Comment me ferai-je comprendre (*Elle appelle*)? William? William (*Aux officiers*)! Dans cette cassette (*S'efforçant de l'ouvrir*), la preuve de son innocence! Une lettre de Jenneval (*Après avoir forcé la cassette et jetté tout ce qa'elle contient avec une espèce de rage, elle cherche toujours la lettre*)

(2) Rien! Rien! Je me meurs!

els.) Ah ! mon Dieu, si je n'avais pas été à la ville où les troupes qui arrivent m'ont encore empêchée d'entrer...

CÉCILIA, *reprenant ses sens.*

Mon mari ! Mon mari !

KERNIFLEC, *de l'autre côté de la scène et pleurant d'une manière comique.*

Je ne peux pas lui rendre son mari... mais elle est bien sûre du moins que je ne lui parlerai jamais de l'argent... il faudrait ne pas avoir d'âme !... (*tirant le mémoire de son gilet et commençant à le déchirer.*) V'là c'que j'en fais du mémoire qu'elle me doit. (*Stupéfait en voyant la lettre.*) Ah ! mon Dieu !

CÉCILIA, *qui a repris ses sens, reconnaissant à la couleur du ruban qui le noue le papier que Kerniflec veut déchirer, s'écrie :*

Ah ! the letter ! letter ! Let us run. (1)

(*Elle veut courir, la force lui manque.*)

Mme KERNIFLEC.

Ah ! grand Dieu ! Mais, oui, la voilà cette lettre. (*Elle crie à la cantonnade.*) Arrêtez... Arrêtez. (*à son mari.*) Donne donc, malheureux ! Il est sauvé ! Il est sauvé ! (*Elle lui arrache la lettre et elle s'enfuit.*

SCÈNE XVII.

CÉCILIA, KERNIFLEC.

KERNIFLEC, *stupéfait.*

Mais qu'est-ce que j'ai donc brulé ? (*On aperçoit encore*

---

(1) Ah ! la lettre ! la lettre ! Courons !

Mr Kerniflec sur le haut de la montagne, quand on entend une fusillade, Cécilia s'évanouit.)

KERNIFLEC, *frappant dans les mains de Cécilia.*

'Madame, Madame!

(*Quand Cécilia a repris ses sens, Kerniflec se jette à ses pieds d'un air suppliant; elle le repousse en prononçant ces mots*: No! No! *Kerniflec, dans le plus grand désespoir, tombe sur la chaise qui est auprès de la table à droite et cache sa figure dans ses mains.*)

CÉCILIA, *presque dans le délire.*

There, there, (*looking towards the Rock.*) In that spot, I beheld him last. Hark! hark. No! tis past. Hi is dead! Oh! God! oh! God! His blood flours upon the earth, each drop of which issues from the fountain of my life, and leaves me whitered and forlorn.—William! William! My child thou hast lost thy father.. Dead! dead!

WILLIAM, *dans la coulisse.*

Maman, maman!

SCÈNE XVIII ET DERNIÈRE.

LES MÊMES, Mme KERNIFLEC, ensuite WILLIAM et MONTALBAN.

Mme KERNIFLEC, *accourant.*

Je suis arrivée à temps!

---

(1) C'est là, (*regardant la montagne*) dans ce lieu, que je l'ai vu pour la dernière fois! — Écoutez! écoutez! Non, il n'y est plus... Il est mort! Oh! mon Dieu! mon Dieu! Son sang rougit la terre, chaque goutte de ce sang sort de la source de ma vie, l'épuise, et me laisse désespérée! William! William! mon pauvre enfant, tu as perdu ton père! Mort! Mort!

KERNIFLEC, *à sa femme.*

Comment ces coups de fusil?...

Mme KERNIFLEC.

C'était un combat. Ils entrent dans la ville.

KERNIFLEC.

Qui?

Mme KERNIFLEC.

Regarde.

Les soldats français défilent sur la montagne, et l'on entend le canon dans le lointain.

MONTALBAN.

Cécilia! Cécilia!

CÉCILIA.

Ah! Adolphe! William! (*Pantomime.*)

MONTALBAN.

C'est ton fils, c'est ton époux qui te serrent dans leurs bras!

KERNIFLEC, *à sa femme.*

Quel bonheur! Mais comment ça s'est-il pu faire?

Mme KERNIFLEC.

La lettre expliquait tout. C'est Jenneval qui trahissait.

KERNIFLEC.

Ah! il trahissait? c'est bien différent. Je n'aime pas les traîtres, moi.

CHOEUR.

Essuyons nos larmes.
Aux vives allarmes
Succèdent pour nous
Des momens plus doux.

FIN.

www.ingramcontent.com/pod-product-compliance
Ingram Content Group UK Ltd.
Pitfield, Milton Keynes, MK11 3LW, UK
UKHW020415220726
13923UKWH00004B/1959

9 782329 062914